Impressum

Bibliografische Information der deutschen Nationalbibliothek: Die Deutsche Nationalbibliothek verzeichnet diese Publikation in der deutschen Nationalbibliographie; detaillierte bibliographische Daten sind im Internet unter http://www.dnb.de abrufbar.

Petra Elsner, Das Nebeltor

Uckimar-Heimatbibliothek, Band 9

ISBN 978-3-946815-41-9

Gesamtherstellung:
© Verlagsbuchhandlung Ehm Welk, Schwedt, 2021
Inh. Dipl.-Buchhandelswirtin Karla Schmook
Vierradener Straße 40 A, 16303 Schwedt/O.
Telefon: 03332 83348-10, Fax: 03332 83348-15
E-Mail: info@buchschmook.de
Internet: www.buchschmook24.de

Printed in Germany
Wir drucken zertifiziert, klimaneutral und nachhaltig.

Das Nebeltor

Eine Fantasy-Geschichte

Geschrieben und illustriert
von Petra Elsner

VERLAGSBUCHHANDLUNG EHM WELK

*E*in mächtiges Sommergewitter tobte durch die Nacht. Flora schreckte einer dieser heiligen Blitze auf, der aus dem Wolkenhimmel tief in die Erde stach. Das Mädchen lief zum Fenster und ließ hastig die Jalousie herunter. Bis auf einen Spalt, denn außer den Blitzen war da noch etwas: eine seltsame Gestalt, die zwischen dem Leuchten und den Donnerschlägen wandelte. Furchtlos und stolz, als wäre sie auf einem Sonntagsspaziergang. Im Schein der Blitze schimmerte die mannshohe Gestalt schillernd blau-grün, so als wäre sie geformtes Wasser aus dem nahen Großen Döllnsee. Konnte das sein? Ein landgängiges Wasserwesen? Aber je weiter es auf dem Sandweg lief, desto mehr verloren sich die Wasserfarben. Der Gestaltwandler wurde zum Menschenmann, der auf die Wiesen in der Hügellandschaft zuschritt. Aber soweit reichte Floras Blick nicht. Dort, inmitten der Sommerwiese stieg aus einem der Blitzlöcher Nebel auf, der den Mann umfing und mit ihm tanzte.

Nach dem Gewitterguss war die Temperatur an diesem Julimorgen stark gesunken. Nebelbänke lagen milchig über dem Gras. Flora sammelte Wiesenchampignons.

Sie fröstelte in der noch klammen Morgenstunde. Doch nach dem starken Regen schossen die schmackhaften weißgrauen Blätterpilze massenhaft aus dem Boden, die wollte sie sich nicht entgehen lassen.

Aber was war das? Aus zwei großen Löchern in der Wiese stieg Nebel wie aus Schloten auf und formte sich zu einem lichten Bogen. Er wölbte sich nun in die Tiefe zu einer Art Konzertmuschel, wie sie in den Kurorten zu finden sind, aber es blieb ein offener Bogen.

Flora setzte das Pilzkörbchen ab und staunte über das Schauspiel. Etwas zog sie an. Ganz sacht und unaufdringlich, doch sie konnte nicht anders, als auf den Bogen zuzugehen.

Komm!", lockte eine weiche Stimme. „Komm, geh durch das Nebeltor! Wir brauchen dich!"

Flora schauderte es. Sie hatte niemanden auf der Wiese gesehen. Wer mochte da rufen? Sie stand jetzt genau unter dem weißen Bogen, das Land dahinter sah aus wie immer – wiesengrüne Kuppen bis zum Horizont.

Doch als sie durch das Tor gegangen war, kräuselte sich die Ansicht wie Knüllpapier und veränderte sich mit dem nächsten Atemzug. Plötzlich stand sie inmitten eines flimmernden Silbernebels, der keine Konturen erkennen ließ. Sie steckte in einem pulsierenden Silberweiß, was sich sehr merkwürdig anfühlte. Das Tor war verschwunden.

Flora war nicht ängstlich, aber das hier war ihr nicht geheuer. Wie konnte es sein, dass sie auf der vertrauten Wiese hinter dem Elternhaus einen so fremden Ort betrat? Es war kalt, eine Gänsehaut schlich über ihre Arme. Sie räusperte sich und fragte in die Nebelschleier: „Jemand da?"

Niemand antwortete, sie vernahm nur ein fernes Rauschen. Dorthin ging Flora vorsichtig. Bald schon spürte sie eine Gischt auf ihren Wangen. Wenig später brach der Nebel auf, und sie stand vor einem tosenden Wasserfall. Laut und gewaltig krachte das Wasser in die Tiefe.

Was war das jetzt wieder? Jeder einzelne Tropfen schrie etwas aus dem Strom heraus. Aber Flora konnte das Stimmengewirr nicht trennen und verstand die Botschaften nicht. Nur Wortfetzen hingen in dem großen Rauschen, die nicht gut klangen. War sie in Gefahr? Es war seltsam, vor einem sprechenden Wasserfall zu stehen.

Sie hielt die Hand in den prasselnden Guss und als sie diese zurückzog, kreischten ein paar perlende Spritzer:

„Eh, lass mich los! Ich habe dir nichts zu sagen!"

Ein anderer schrie:

„Wir reden nicht mit Fremden!"

„Niemals mit einer Dahergelaufenen!", setzte der Nächste nach.

9

Solche giftigen Sprüche kannte Flora von ihrem Handy-Display, die ihr oft Magendrücken bescherten. Sie war ein stilles Mädchen, das Auseinandersetzungen nicht mochte, aber sie ließen sich nicht vermeiden. Deshalb hatte Flora letzten Sommer Aikido gelernt, eine friedliche Verteidigungsart, die eine angreifende Energie ins Leere schickt. Das gefiel ihr, weil es Angreifer irritiert und schließlich verschreckt.

Flora schüttete die Tropfen zurück in den abweisenden Strom der boshaften Wörter und erschrak: Mein Handy! Sie hatte es im Pilzkörbchen auf der Wiese zurückgelassen, nun konnte sie niemanden anrufen. Ein beklemmendes Gefühl beschlich sie. Mit dem Handy hatte sie bisher stets die Möglichkeit, Hilfe herbeizurufen, aber ohne Handy war sie vollkommen auf sich allein gestellt.

Mit einem „Ach was!", schob sie den kurzen Schrecken aus ihren Gedanken. Als sie weiterging, erlosch das dumpfe Rauschen des Wasserfalls, und der stille Nebel kehrte zurück. Wozu waren diese keifenden Tropfen gut, grübelte das Mädchen und erinnerte sich an ein altes Sprichwort: „Steter Tropfen höhlt den Stein."

Vielleicht sollten die Tropfen etwas aushöhlen oder auslöschen, den guten Ton vielleicht? Es fühlte sich für Flora jetzt genauso an.

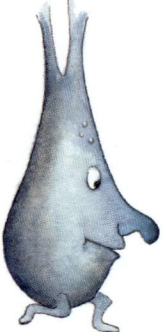

Wie sie dort im Nebel stand, wurde sie ungehalten und rief in das nebulöse Nichts: „Was ist, wer hat mich gerufen? Zeig dich!"

Da flüsterte ein kalter Hauch aus dem Schwaden: „Einen warmherzigen Menschen suchen wir!"

Aus dem Nebel formte sich nun eine schöne Frauengestalt, die weitersprach: „Wir Wasserwesen vermissen das Elixier der Freude. Jemand hält es verborgen. Seither ist das Leben in allen Welten rau und laut geworden."

„Allen Welten? Gibt es nicht nur eine Welt?", fragte Flora überrascht.

„Nun, schon", sprach die Nebelfee. „Aber darin gibt es die Wasserwelt, die Himmelswelt, die Unterwelt. Es gibt die echte Welt und viele künstliche, allerlei Schein- und Fantasiewelten. Aber wie auch immer, in allen fehlt die Freude."

Um die Nebelfee erhoben sich jetzt schwebende Nebelgeister, die den Worten der Fee ernst nickend beistimmten.

„Wo kann man das Elixier finden?", fragte Flora.

„Das wissen wir nicht", sprach die Nebelfee. „Es ging verloren, als das Lachen verschwand. Die giftigen Tropfen könnten es wissen. Aber sie werden es keinem verraten, denn sie speisen keinen gewöhnlichen Wasserfall, sondern den großen Strom des elenden Neids, der das ganze Leben vergiftet. Es braucht eine, die sich ihm entgegenstellt."

Flora zweifelte, ob das möglich sei, aber vielleicht bräuchte es deshalb eine heilende Substanz? „Wie wirkt das Elixier?"

„Es ist ein Zauberguss, der immerwährend gute Energie verströmt. Aber sieh, wir haben nur das leere Füllhorn gefunden. Willst du es nehmen und nach der Quelle des Elixiers suchen? Du musst es nur neu befüllen und uns zurückbringen."

Flora war unschlüssig und so sprach die Nebelfee weiter: „Wenn du den Wasserwesen folgst, wirst du den richtigen Weg finden. Dazu musst du das Nebelreich verlassen und hinüber in die Welt der Tautropfen gehen. Sie spiegeln alle Wege.

Du bist ein junger Mensch, der Grenzen überschreiten kann. Wir sind
an unsere Nebelwelt gebunden. Verstehst du das?"

Flora nickte und augenblicklich waren die Fee und ihre Geister in einer dichten Nebelwand verschwunden.

Flora hielt das Füllhorn in ihren Händen und lauschte ihnen nach.
Offenbar war sie in eine jenseitige Welt in der Welt geraten, eine zeitlo-
se, in der die Dinge immer gleichblieben – unverrückbar. Nur sie war
die Verbindung. Als ihr das klar wurde, fühlte sie sich mulmig. In was
für ein verrücktes Abenteuer war sie da geraten? Aber war es nur eine
Fantasiewelt?

Es stimmte, auch in Floras Wirklichkeit fehlte das schöne Lachen. Ihr
großer Bruder übte lange vor dem Spiegel, einen möglichst coolen
und herabwürdigenden Blick aufzusetzen. Er übte es so lange, bis er
einfach nicht mehr lachen konnte. Nach und nach bekam er ein kal-
tes Herz und begann zu hassen, was er doch eigentlich liebte. Diese
Verwandlung trieb ihn aus dem Elternhaus. Ob das Elixier auch ihren
Bruder heilen könnte? In Flora wuchs diese kleine Hoffnung, die sie
plötzlich antrieb, die Suche aufzunehmen.

13

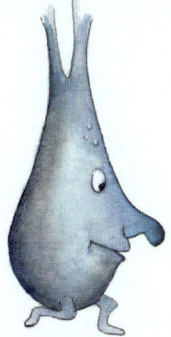

Sie lief durch den Nebel. Waren es Minuten oder Stunden? Sie konnte das nicht sagen, nur, dass sich plötzlich der Dunst wandelte. Es war ihr so, als fühlte er sich plötzlich stofflich an, wie schwebende Seidentücher, die sich dort, wo sie hinlangte, öffneten. Hinter jedem weiteren Fließ wurde es heller, bis der letzte Vorhang endlich einen blauen Ort freigab, in dem wirklich alles tropfte. Tausende schillernder Tauperlen brachen das Licht und funkelten wie Edelsteine. Einer schöner als der andere. Das Glitzern schien zu kichern als Flora vorsichtig nähertrat. Sie dachte bei sich, hier zwinkert das Lachen.

Und es stimmte, was die Nebelfee sagte: „Sie spiegeln alle Wege." Das Mädchen konnte in den Tröpfchen Lichtpfade entdecken: erdige, moosgrüne, silbergraue, schneeweiße, türkisblaue, sogar orangene. Einige zeigten Berggrate, andere Wiesenpfade, wieder andere verwiesen auf Hohlwege oder auf Landzungen zwischen stahlblauen Seen. Wohin jedoch diese Wege führen würden, war nicht offensichtlich.

15

Es war schwül in dieser blauen Tropfenwelt, wie in einem Tropenhaus, das ein leiser Singsang durchzog. Nun sah Flora, dass sich einige dieser Tauperlen bewegten, sie flogen flink wie Libellen. Von diesen winzigen Flügelwesen kam das verhaltene Kichern. Ah, dachte Flora, da sind sie ja, die Tautropfenelfen. Sie bestanden lediglich aus einem blau-grünen Tropfen mit glasklaren Flügeln. Kleine Kugelwesen mit Gesicht und glasigen Fühlern – einer Kopfspirale und zwei hängenden Fädchen, die wie Spinnenbeinchen wirkten.

Flora musste unwillkürlich lächeln über das Zartsein dieser Kreaturen. Immer wenn sie auf eine dieser Tautropfenelfen zuging, zogen sie sich alle unsichtbar in das Tropfenheer zurück. Dazu ließen sie einfach ihre Flügel hängen und schon waren sie nicht mehr erkennbar. Das Mädchen hockte sich ins blaue Gras und seufzte: „Ich tu' euch doch nichts. Ich suche nur euren Rat."

Da hörte sie ein gemeinschaftliches Säuseln: „Wir fürchten dich nicht, aber wir müssen vorsichtig sein. Schon die kleinste Berührung lässt uns zerfließen und vergehen, das musst du beachten, wenn du uns begegnest."

Flora war erleichtert, weil sich ihr die Tropfenelfen nicht entzogen, sondern sich selbst nur schützen wollten: „Ihr könnt euch auf mich verlassen, ich werde mich vorsehen und euch nicht schaden."

Das Sirren und Flirren um Flora wurde lauter, denn all die winzigen Flügelwesen begannen sich nun um sie zu versammeln. Es war ein Tanzen und Schweben filigranster Art. Flora wurde beim Anblick der Zierlichen das Herz warm.

Dann wurde es leise und das Mädchen verstand, dass die Stille eine Aufforderung zum Sprechen war: „Mein Name ist Flora. Die Nebel-

fee hat mich gebeten, die Quelle des Elixiers der Freude zu suchen, damit sie in allen Welten wieder aufleben kann. Könnt ihr mir den Weg zu dieser magischen Quelle weisen oder wisst ihr jemanden, der das kann?"

Nach Floras Worten wurde es noch stiller, als es bereits war. Kein Laut war vernehmbar. Die Elfchen schwiegen und sahen einander mit großen Augen an. In diesen Blicken stand eine drängende Frage und Flora spürte, dass sie überlegten, ob sie ihr vertrauen könnten.

Flora wartete geduldig, denn sie wusste, dass das so eine Sache mit dem Vertrauen war. Sie hatte bereits selbst den Verrat einer scheinbaren Freundin erfahren. Im Schmerz darüber riet ihr die Großmutter: *Wer sein Herz auf der Zunge trägt, ist leichte Beute für den Neid. Achte darauf, wem du dein Vertrauen schenkst. Ist es der Falsche, können sich üble Nachrede und eine gnadenlose Hatz über dich ergießen.* Daran dachte Flora jetzt.

Nach einer Weile flüsterte sie in das Grübeln der Elfen: „Ich werde es niemandem verraten, denn ich möchte doch selbst, dass die Freude für immer zurückkehrt in die Welt."

Dann schwieg sie wieder, bis endlich aus dem Kreis der Tautropfen-

elfen ein Wasserkobold hervortrat und sehr
ernst sprach: „Wir kennen den Ort der Quelle
nicht, aber wir leihen dir unsere Unzerbrechliche, nur sie allein kann dich auf den rechten
Weg bringen. Sie ist das geronnene allwissende
Wasser, fest wie ein Stein, aber leicht wie der
Wind und immer feucht. Du musst sie uns wie-
derbringen, wenn du deine Mission erfüllt hast.
Willst du uns das fest versprechen?"

Flora nickte eifrig, nahm den lichten Tropfen
entgegen und sprach ergriffen: „Ich danke euch
für euer geschenktes Vertrauen. Ich werde die Unzerbrechliche gut be-
hüten und euch nicht enttäuschen."
Die Elfchen klatschten und kicherten lebensfroh, währenddessen ver-
sank das blaue Land hinter dem Vorhang einer dichten Nebelwand.

17

Welche Richtung sollte sie einschlagen? Flora drehte und wendete die Unzerbrechliche in ihren Händen. Zuerst sah sie in eine klare Sternennacht über einem schwarzen Wasser im Mondschein. Dort saß am dunklen Ufer eine leuchtende Gestalt, die ihr irgendwie bekannt vorkam. Das Mädchen drehte und kippte die Unzerbrechliche sacht, als wollte es das Bild scharf stellen. Dabei entdeckte es auf dem nachtblauen Grund ein silbergraues Wasserzeichen, das eine Karte enthielt. Flora war erleichtert, hatte sie doch nun einen Weg vor Augen, den sie gehen konnte.

Der Weg führte in einen Auwald und wurde von Schritt zu Schritt schmaler und schwankender. Mannshohe Farne verdeckten die Weitsicht und alle paar Meter war ein Totholzstamm über den Pfad gefallen. Flora stieg durch das Dickicht, war sie hier richtig? Sie sah auf die Unzerbrechliche, das Wasserzeichen zeigte, linksseits würde sie an einen sternförmigen See gelangen, aber die Karte verwies auf diese morastige Spur ins Ungewisse, auf der sie sich bereits befand.

Flora pfiff leise vor sich hin, wie sie es immer tat, wenn sie ins Dunkle trat, in einen lichtlosen Keller oder ein abendliches Wegstück ohne Laternen. Es war jetzt nicht ganz so stockdunkel, denn der Mond schien hell in diese Bruchlandschaft und ein paar Glühwürmchen tanzten über den Wasserspiegeln der Gräben und Fließe, die ihren Weg säumten. Ihre Augen konnten die Nähe gut erfassen, aber nicht in die Tiefe hineinsehen. Etwas knisterte dort.

Einen Augenblick später begann es zu regnen und das Mondlicht erlosch. Aus dem Knistern wurde ein Prasseln. Flora war im Nu klitschnass und der Regen wurde immer noch stärker. Im nachtblauen Dunst entdeckte sie, unweit entfernt, die Schemen einer knorrigen Weide, die sie ächzend zu rufen schien. Dorthin hastete sie schutzsuchend. Schlamm spritzte dabei von ihren Sandalensohlen kniehoch. Die letzten Meter rutschte Flora förmlich auf den alten Weidenbaum zu.

Schnaufend stand sie schließlich davor. Der Stamm der Weide war in der Mitte weit aufgebrochen. In diesen moosbedeckten Hohlraum flüchtete sich Flora. Drinnen schien es ihr, als wollte sie der alte Baum mütterlich umarmen und wärmen. Das zitternde Mädchen sank in die Hocke und wartete. Langsam nahm das trockene Moos die Nässe ihrer Kleidung auf und Flora fror bald schon nicht mehr.

Die Zeit schien weiter zeitlos zu sein. Flora verspürte keinen Hunger und auch keine Müdigkeit. Was für ein Rätsel, wunderte sie sich im Dunkel der Höhle. Um die Weide wehte eine traurige Weise und Flora dachte, hier kann das Quellwasser der Freude nicht wohnen.

19

Aber warum bin ich hier? Sie lauschte dem nachlassenden Regenlied, bis nur noch wenige Tropfen fielen.

„Das Regenland hat viele Kräfte, du musst dich für eine entscheiden", murmelte leise die Weide.

Flora wunderte sich kein bisschen darüber, dass der Baum mit ihr sprach. Sie hörte auf das, was die Weide sagte, denn nur das würde sie ein Stück weiterbringen. „Bin ich im Regenland?" „Ja", antwortete die Weide. „Das Regenland ist das Land der Feuchte, der alles entspringt. Jedes Leben und jedes Gefühl. Sieh, dort fließt ein immerwährendes Rinnsal, das schon einen See durchschwommen hat und darin Kraft aufnahm. Es wird gleich in den sternförmigen See fließen, um weiter zu wachsen und bald zu dem Strom anzuschwellen, der dem Land den Namen gab."

„Die Ucker hat hier ihre Quelle?"

„Nicht genau hier. Wenn du dem Weg der Unzerbrechlichen folgst, kommst du direkt in ihr Quellgebiet. Aber dorthin geht man besser über Umwege", murmelte die Weide bedeutungsvoll.

„Welche Umwege?", fragte Flora in die Nachtstille, aber die alte Weide schwieg.

Als der Regen pausierte, saßen noch zwei große Wassertropfen auf der Kuppe gegenüber der Weide. „Wir müssen Agata holen", meinte der etwas Größere. Dann rollten sie den Hang hinunter und platschten in den Wassergraben in der Senke.

„Na, ihr zwei Himmelslichter, was macht ihr denn für große Wellen mitten in der Nacht?", murrte Agata, die Sumpfschildkröte müde aus dem schlammigen Grund. Sie war ein wenig schwerhörig und reckte deshalb ihren kahlen Kopf den beiden Regentropfen schräg entgegen. Der etwas kleinere Tropfen nuschelte aufgeregt: „Ein Mädchen sitzt in der Weide. Ähm, es will ins Quellgebiet, du musst helfen, damit der Kleinen nichts geschieht."

„Ach was", moserte Agata. „Immer dieser Hokuspokus, sie ist aufgebrochen, also soll sie sich kümmern."

Der etwas größere Regentropfen rollte ärgerlich hin und her: „Agata, du bist die weise Stimme im Sumpf, es ist deine Aufgabe von je her, den Suchenden zu helfen. Hast du das vergessen?"

„Nein, natürlich nicht, aber ich bezweifle inzwischen, dass das Gute das wachsende Böse bezwingen kann. Wie viele sind schon ins Quellgebiet gegangen und unverrichteter Dinge zurückgekehrt. Der Sumpfgeist ist dabei nur mächtiger geworden." Agata seufzte ein langes „Ach", dann aber setzte sie doch ihre Schritte schwerfällig in die Richtung der Weide.

Es begann wieder zu regnen, als Flora die Sumpfschildkröte mit den beiden Himmelslichtern entdeckte. Es sah komisch aus, wie die zwei Regentropfen auf dem Panzer hin- und herschaukelten. Flora kicherte leise, aber Agata brummte immer noch verschlafen: „Dir wird das Lachen schon noch vergehen."

„Deshalb bin ich aber nicht ins Regenland gekommen", widersprach Flora. „Ganz im Gegenteil, ich suche die Quelle des Elixiers der Freude. Dafür kann ich jeden guten Rat gebrauchen, aber dein lustloses Gegrummel kannst du für dich behalten."

Der etwas kleinere Regentropfen beschwichtigte: „Nimm es ihr nicht übel, sie wurde einfach zu oft enttäuscht."

Agata schüttelte sich und sprach danach wie ausgewechselt: „Bitte entschuldige, dieser hoffnungslose Muffel in mir hat mich wieder einmal zum Zweifeln verleitet. Es sind eben schon so viele erfolglos zurückgekehrt, da kann man den Glauben an die Kraft des Guten verlieren."

„Warum waren die anderen erfolglos?", wollte Flora wissen und Agata begann langsam zu erzählen: „Weil sie nicht richtig zugehört hatten. Sie folgten einfach dem direkten Weg der Unzerbrechlichen. Aber um das Elixier der Freude zu finden, braucht es Umwege, altes Wissen und ein paar Hilfsmittel. Und natürlich muss die Grenzgängerin auch die verborgenen Botschaften erkennen und verstehen, sonst gelangt sie nicht ans rechte Ziel. Was hat dir die Weide verraten? Weißt du es noch?"

Flora überlegte und erinnerte sich: „Sie meinte, das Regenland habe viele Kräfte, ich müsste mich für eine entscheiden."

„Ja, aber um diese Wahl treffen zu können, musst du erst einmal wissen, um welche Kräfte es sich handelt. Frag' die beiden Himmelslichter auf meinem Schild, sie wissen es."

Flora sah fragend zu ihnen und der etwas kleinere Regentropfen begann sofort zu wispern: „Die mächtigste Kraft des Regenlandes ist die Quelle allen Lebens!" Der etwas Größere sprach weiter: „Es gibt den Quell der Reinheit, den der Heilung, die warmen Quellen, die Quelle der Lebensfreude, die Quelle der Energie, die der Zerstörung und etliche Zauber-Elixiere."

Agata nickte wohlwollend. „All diese Kräfte sprudeln im Quellgebiet. Aber sie werden vom Sumpfgeist Uldis bewacht. Er ist ein böses Wandelwesen, das sowohl Mann, Rabe oder Schlange sein kann und keinen zu den Quellen lässt. Nur der Nix kennt den Weg an ihm vorbei, denn er ist sein Bruder und kennt alle seine Tricks. Er ist selbst ein Gestaltwandler, aber einer von den Guten. Schau auf deine Unzerbrechliche! Wenn du den direkten Weg verlässt, ändert sich die Wasserzeichenkarte und zeigt dir begehbare Umwege. Aber nun geh, im wirklichen Leben vergeht die Zeit."

25

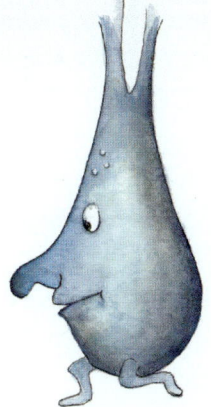

Flora wanderte zurück und nahm dann den Abzweig zum Sternensee. Sie grübelte unterwegs. Ist das hier nicht das wirkliche Leben? Was ist es dann? Ein Zwischenraum? Eine Scheinwelt? Ein Traum? Sie kniff sich in den Arm – autsch, nein, das war kein Traum. Ist Zeit nicht einfach da, wie das Wasser im See? Wie kann die Zeit einfach verschwinden? Oder bin ich aus der Zeit gesprungen, als ich durch das Nebeltor ging? In Floras Kopf surrten die Gedanken.

Dabei spürte sie kaum, wie sie vorankam. Erst das helle Licht über dem Sternensee weckte wieder ihre Aufmerksamkeit und ihr Blick fiel auf einen Mann, der im seichten Uferwasser saß. Doch, sie hatte ihn schon einmal gesehen, in jener mysteriösen Gewitternacht am Fenster. Aber seine Gestalt änderte sich gerade, die Beine wandelten sich zu einer Flosse. Der Wassermann mochte es gar nicht, wenn ihn jemand während seiner Verwandlungen beobachtete.

Flora hatte keine Chance, ihn noch anzusprechen, denn im Nu tauchte er ab - halb Mann, halb Nix - in die Tiefe des Seewassers. Nur sein wassergrüner Hut schwamm noch am seichten Ufer. Flora nahm ihn auf, sie würde dem Nix schon noch begegnen. Doch er blieb vorerst verschwunden.

Flora durchschwamm den sternförmigen See, sie tauchte sogar nach dem Wasserwesen. Nichts, nur Fische und Schlamm waren zu sehen. Sollte sie an diesem Ufer warten oder einen anderen Wasserplatz aufsuchen? Sie sah in die Unzerbrechliche und befragte sie: „Kann es sein, dass der Nix zu einem anderen Wasser aufgebrochen ist?"

In der Unzerbrechlichen drehten sich alle Bilder, es war, als suchte sie nach dem Nix und fixierte schließlich den Flusslauf der Ucker. Das blaue Band floss weiter durch das Kuppenland von See zu See. Obenauf schwamm der Richtungspfeil unaufhörlich hin und her, also schien der Nix unterwegs zu sein.

Flora blieb an diesem Ufer und betrachtete die tanzenden Sonnenfunken auf dem See. Im Schilfgürtel sangen die Vögel und Fische sprangen ab und zu aus dem Wasser.

Fast hätte sie ihren Auftrag vergessen. Doch da wellte sich auf einmal der Wasserspiegel und eine brummige Stimme rief nach ihr: „Du hockst ja immer noch auf meinem Lieblingsplatz."

Der Nix stieg aus dem Wasser und setzte sich tropfend zu ihr. Flora reichte ihm lächelnd seinen Hut.

„Danke! Nun erzähle schon, warum wartest du auf mich?"

„Ich muss den Sumpfgeist Uldis umgehen, um an das Elixier der Freude zu gelangen. Die Welt braucht es unbedingt."

„Das wird dir kaum gelingen", murrte der Wassermann. „Niemand kann das, er ist einfach zu mächtig geworden."

„Agata meinte aber, du könnest mir beistehen!"

„Ach was! Die weise Stimme aus dem Sumpf kann ja viel behaupten und vielleicht war es ja auch einmal so, aber das ist längst Legende. Uldis ist das trickreiche Böse an sich geworden, kaum zu glauben, dass er mein Bruder ist."

„Gibt es denn keine List, die mich an ihm vorbeiführt?", fragte Flora.

„Doch, denn Wasser- und Sumpfgeister sind nicht unsterblich. Das größte Unglück, dass ihnen widerfahren kann, ist die Austrocknung. Vor Zeiten, als die meisten Sümpfe des Kuppenlandes für die Ackerlandgewinnung entwässert wurden, wäre Uldis beinahe gestorben. Er wurde zu meinem Untermieter im Schlick meiner Seen. Das rettete ihn vor dem Vergehen, was er wohl vergessen hat, aber seither ist er schlecht gelaunt. Viele Sümpfe sind längst wieder geheilt, aber seine Seele nicht. Er sucht nach Vergeltung für sein Leid. Es waren die Menschen, die sein Sumpfland entwässerten, nun rächt er sich an ihnen, indem er ihnen die Freude raubte. Ich kann dir nicht helfen, kleines Mädchen, wer verrät schon seinen Bruder?"

„Du sollst ihn doch nicht verraten. Denk nach, gibt es nicht doch eine Möglichkeit, ihn zu umgehen oder besser noch, ihn umzustimmen?"

„Seit er so wütend ist, kann man nicht mehr mit ihm reden. Er sieht nur noch seinen Schmerz. Einen, der nicht zuhört, kannst du nicht umstimmen."

„Aber vielleicht kann ich sein Herz berühren?"
Der Nix schwieg nachdenklich. Dann murmelte er: „Womit sollte dir das gelingen?"
Flora sah über das Wasser: „Ich weiß es nicht, aber ich denke, was mein Herz berührt, könnte auch seines berühren. Ich muss nachdenken."

Das Licht senkte sich langsam über dem Sternensee. Noch flimmerte ein glutroter Sonnenball am Himmel. Der Nix und das Mädchen blickten gebannt auf seinen Untergang. Als sich das Rot im See ergoss, wussten beide, es gibt etwas, dass jedes Herz berührt und der Nix sprach es aus: „Mit dem Spiegel der Natur könnte es gelingen, Uldis' hartes Herz zu erweichen. Wir sollten uns von Ella, der Hüterin der Quellen, dabei helfen lassen. Sie benutzt eine feine Magie, die jedes Wasserwesen zum Leuchten bringt."
Flora lächelte den Nix an und sprach aufgeregt: „Lass uns aufbrechen."
Der Nix sprang in einen Seewassertropfen und setzte sich als Perle in die Feuchte auf der Unzerbrechlichen, so konnte Flora ihn als Beistand mitnehmen.

29

Sie gingen zurück in den Bruchwald. An seinem Rand öffnete sich eine Weite. Über ihrem struppigen Grün lagen Nebelfetzen. Kleine Büsche wirkten in der Ferne wie bucklige alte Frauen. Es schien Flora, als schaute sie das Sumpfland mit unzähligen Augen an. Spuklichter flammten auf und erloschen wieder. Flora blickte auf die Unzerbrechliche, sie verwies auf diesen Pfad, der immer tiefer in das Sumpfland führte.
Der Nix im Seewassertropfen flüsterte ihr zu: „Nur Mut!"
Aber das war leicht gesagt, denn plötzlich türmten sich in dieser weiten Senke braune Schlammberge auf. Sie erhoben sich bedrohlich wie umkehrende Muren. Wassermassen schossen dabei das Quellmoor in die Höhe und Schlammregen spritzte zurück in die Niederung. Der Ort verdunkelte sich und ein schauerlicher Ton schwoll an.

Ein brodelndes Ätzen und schrilles Pfeifen. Flora musste sich die schmerzenden Ohren zuhalten. Ein geisterhafter Schemen matschte schwer schlurfend auf sie zu: „Was treibst du hier?", dröhnte es ihr entgegen.

Das Mädchen wich erst ein paar Schritte zurück, bevor es sich ein Herz fasste: „Bitte sei nicht zornig, ich bin geschickt worden, das Elixier der Freude allen Welten zurückzubringen. Ohne Freude herrschen Neid und Hass, aber das ist kein gutes Leben. Bitte lass mich in das Quellgebiet gehen, um dieses goldene Horn zu befüllen."

„Das kannst du vergessen, ich lasse niemand zu den Sprudeln der Elixiere. Geh, verschwinde oder du verwirkst dein Leben! Sofort!", donnerte der Sumpfgeist.

Flora atmete hastig, aber rührte sich nicht: „Ich kann nicht ohne das Elixier umkehren, die Menschen brauchen es."

Uldis bebte vor Zorn. „Du wagst es, mir zu widersprechen? Was geht es mich an, was die Menschen brauchen? Es hat die Menschen auch nicht interessiert, was ich zum Leben brauche!"

Er warf wutschnaubend ein Lasso-Seil nach Flora und zog sie augenblicklich mit sich in ein brodelndes Sumpfloch. Viele Meter tief schien sie der Schlamm zu verschlucken.

Doch plötzlich stieß sie auf etwas Festes, das sie hielt. Sie hockte auf fauligem Holz und konnte erstaunlicherweise wieder atmen. Über dem Stamm hatte sich im Geäst eine wasserdichte Lehmschicht verfangen, die einen leeren Raum bildete. Flora schnaufte sich den Schreck weg. Dann wischte sie die Unzerbrechliche mit der bloßen Hand vom Schlamm frei, vorsichtig, als wollte sie ihre feuchte Haut streicheln. Die warf nun ein schummriges Licht in das Dunkel.

„Nix, wo bist du?", fragte Flora und suchte mit den Augen nach dem kleinen Seewassertropfen, aber er war verschwunden.

„Sei still!", raunte die Unzerbrechliche, „der Sumpfgeist kann uns hören!"

Die Kugel hatte noch nie mit ihr gesprochen, aber jetzt zeigte sie ihr ein neues Wasserzeichen und zugleich hörte Flora aus der Tiefe ein fernes Rauschen. Das Zeichen zeigte den Nix, der das Grundwasser am Fuß des Schlammschlunds ansaugte. Er würde sie holen, aber wo steckte Uldis? Sie hoffte, die Brüder würden sich nicht in dieser morastigen Dunkelheit begegnen.

Es dauerte und die Luft in der Lehmkuhle wurde dünn. Flora japste nur noch flach und hastig, als der Nix in einem klaren Wasserstrom zu ihr stieß, ihr einen Atemzug schenkte und sie mit sich zog. Es war ein seltsames, freies Gleiten. Schließlich tauchten sie in den nassen Wiesen vor den Eulenbergen wieder auf.

Flora lag weinend in den Armen des Wassermanns. Sie war erschöpft und erschrocken. „Er wollte mich töten!", schluchzte sie.

Der Wassermann murmelte: „Ich hatte dich gewarnt, er trägt den Hass mit sich."

In den Wiesen zirpten die Grillen und ein blauer Sommerhimmel sah auf den Nix und das Mädchen mit dem erschrockenen Herzen.

Der Wassergeist flüsterte ihr zu: „Sieh das Land um uns. Es war sehr verletzt und ausgemergelt. Vor einiger Zeit haben sich die Menschen besonnen und das Wasser wieder in die dürren Moorwiesen fließen lassen. Nach und nach und mit viel Pflege haben sie sich wieder erholt. Die kleinen Moorgeister sind zurück und tummeln sich als Irrlichter

im Sumpf-Engelwurz und in den Trollblumen. Sie haben den Menschen längst verziehen.

Sieh, hier wächst wieder der Erdbeerklee und dort blüht Wilder Sellerie, ist es nicht schön in diesen Moorwiesen?"

Flora nickte. Sie erholte sich langsam von ihrem Schrecken. Das Schauen in die Weite mit ihren vielen Seen tat ihr gut. „Wir sollten Ella suchen", sagte Flora gefasst. „Die Hüterin der Quellen hat vielleicht einen Rat."

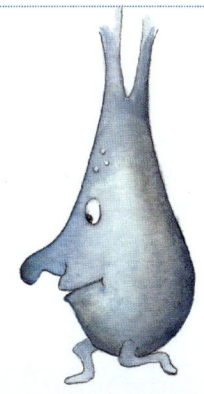

Der Nix steckte seinen Kopf in jeden kleinen Weiher und spähte darin nach Ella.
Doch statt der Hüterin der Quellen entdeckte er in den Feldsöllen nur kleine Wassergeister, Ringelnattern, Eidechsen und
Frösche.

In einem der Tümpel hauste eine uralte
Moorhexe, die alle längst vergessen hatten.
Sie schlief einen Jahrhundertschlaf und
ließ sich nicht wecken. In einem der Teiche hatte sich ein seltenes
Wassermännlein eingerichtet und in einem anderen eine weiße Nixe.
Bei ihrer Suche ließen sie kein einziges Wasserloch aus und spürten
dabei, dass sie auf Schritt und Tritt beobachtet wurden.

Uldis folgte ihnen. Er schwamm ihnen durch die Schlammschicht der
Gräben nach, bis auf eine kleine Bugwelle war er völlig unsichtbar. Der
Sumpfgeist konnte sich flach wie ein Blatt verformen oder zu einem
Berg auftürmen, ebenso wie er saugender Schlund sein konnte oder
Schlammlawine. Aber wirkliche Macht hatte er nur im Sumpf, deshalb
liefen der Nix und Flora jetzt auf trockenen Wegen.

Uldis konnte ihnen nur folgen. Es ärgerte ihn, dass sein Bruder das
Mädchen befreit hatte und nun begleitete. Ohne den Nix wäre sie
schon längst im Morast versunken und er könnte sich wieder um die
gründliche Vermehrung des Neids kümmern. Der Schlammgeist wollte, dass sich endlich seine Rache erfüllte, doch nun musste er erst dieses Problem lösen und den Moment abwarten, in dem das Menschenkind unbeschützt von seinem Bruder unterwegs war.

Auf der Grenze zum Regenland befand sich ein alter Brunnen. Den
hatte der Nix fast vergessen, aber jetzt, da sie das Grenzgebiet erreicht
hatten, erinnerte er sich und auch daran, dass dessen Wasser lieblich
duftete. Es war genau der Hauch, von dem die Hüterin der Quellen
immer umweht war. Neben dem Brunnen wuchs ein wilder Rosen-

33

busch, der Blütenblätter auf den Wasserspiegel fallen ließ. Ja, dachte der Nix, Rosenwasser, das war dieser Duft. Er steckte seinen Kopf in das Wasser und endlich sah er sie, Ella, die schöne Wasserfrau, die er heimlich schon lange verehrte. Er reichte ihr seine Hand und zog sie an die Oberfläche.

„Oh, was für ein seltener Besuch", sprach die Schöne sanft und lächelte dem Nix zu. „Bist du wieder einmal auf einer Gewässerschau oder haben dich die Angler aus dem Großen Döllnsee vertrieben?"

„Du scherzt, verehrte Ella! Mich vertreibt niemand aus meinem Stammsee. Aber eine schöne Wasserfrau hat darin schon noch Platz. Willst du nicht mit mir kommen, das Wasser ist klar, spritzig und stahl-blau."

Ella blickte den Wassermann etwas verlegen an: „Du weißt doch, dass ich die Quellen hüten muss. Es gibt genug Arbeit an ihnen, seit dein Bruder dort reinste Schlammschlachten führte."

Flora räusperte sich, denn sie spürte, dass sie irgendwie störte, weil es zwischen diesen beiden Wasserwesen richtig knisterte: „Hallo, Ent-schuldigung wenn ich mich einmische, aber wir sind mit einem Anlie-gen gekommen."

Der Nix räusperte sich: „Stimmt, aber Ella verzaubert mich jedes Mal, wenn ich sie sehe. Also, weswegen wir gekommen sind: Mein schlam-miger Bruder verstellt jedem den Weg zu deinen Quellen und er ist mächtiger geworden. Kennst du einen Weg, der Flora an Uldis vorbei-führt. Sie sucht die Quelle des Elixiers der Freude, um den Urstoff aller Liebe den Menschen zurückzugeben."

Ella sprach jetzt leiser, denn natürlich spürte sie Uldis' Nähe. „Wenn man einen Sumpfgeist fängt, dann kann man ein Geheimnis oder ei-nen Wunsch als Lohn für seine Freilassung verlangen. Einen anderen Weg sehe ich leider nicht."

Flora flüsterte: „Ja, gut, aber weißt du auch, wie man den Sumpfgeist fangen kann?"

Ella sprach ihr leise hinter vorgehaltener Hand ins Ohr: „Nur mit dem Nebelhorn der Nebelfee. Nur sie kann dir sagen, wie das geht. In den Wasserwelten behütet jeder sein Geheimnis, damit niemand zu mächtig wird. Also verrate das auch nicht dem Nix. Du musst allein ins Nebelland gehen."

Flora hörte ihr aufmerksam zu und fragte: „Und welchen Zauber hast du?"

Ella fischte eines der schwimmenden Rosenblütenblätter aus dem Wasser und legte es Flora in die Hand: „Es hat eine feine Magie, du wirst wissen, wann und wie du sie brauchst." Dann wandte sich die Schöne geheimnisvoll ab.

Zum Nix sprach nun das Mädchen: „Ich danke dir für deine Hilfe und deinen Beistand, in die Nebelwelt gehe ich ohne dich."

„Gut", meinte der Nix, „aber solltest du mich brauchen, klatsche einfach auf einen Wasserspiegel und rufe laut nach mir, ich werde kommen."

Dann sprangen Nix und Nixe in den Brunnen und verschwanden.

Flora musste zurück und die Unzerbrechliche zeigte ihr den schnellsten Weg durch die blauen Landschaften. Uldis stellte ihr nach. Das Mädchen fühlte sich von seinen Augen berührt.

Flora beschlich Angst, die ihr jeden klaren Gedanken raubte und so fragte sie aufgeregt die Unzerbrechliche: „Was soll ich nur tun? Der Sumpfgeist wird mich einholen, bevor ich ihn mit dem Horn der Nebelfee fangen kann."

Die Unzerbrechliche seufzte: „Und ich dachte schon, du fragst mich nie. Nur ruhig, mein Kind, du wirst ihm entkommen. Schüttle mich, ich schenke dir einen Tropfen aus meinem Herzen. Der macht dich unbesiegbar auf deinem Weg zur Nebelfee."

Flora schüttelte die Unzerbrechliche und sah, wie sich aus ihrem Innern ein Tropfen löste und nun auf der Oberfläche perlte. Sie nahm ihn auf die Zunge und fühlte sofort eine mächtige Energie.

Der Sumpfgeist spürte sie auch und stoppte. Etwas war stärker als er. Uldis hockte im schlammigen Grund eines Waldgrabens und war irritiert.

37

Flora gelangte unbeschadet ins Reich der Nebelfee, die ihr natürlich dieses besondere Horn gab und ihr erklärte: „Du musst es ausgießen, wenn du den Sumpfgeist siehst und ihn mit dem Ton des Horns heranlocken. Betritt er den dichten Nebel, bleibt er in ihm stecken, bis man ihn freilässt. Dann kannst du von ihm alles verlangen, was in seiner Macht liegt. Willst du ihn wieder freigeben, musst du den Nebel mit dem Horn absaugen. Verstanden?"

Das Mädchen nickte und dankte.

Auf dem Rückweg war die Kraft der Unzerbrechlichen wieder aus Flora entwichen. Aber sie fürchtete sich nicht mehr, sie hatte ja dieses wundersame, fein ziselierte Nebelhorn, nichts würde ihr geschehen, oder doch? Wie würde der Sumpfgeist reagieren, wenn sie ihn wieder freiließe? Sie wusste es nicht, musste es aber riskieren, sonst käme sie nie ins Quellgebiet des Regenlandes.

Während sie lief, erinnerte sie sich an die Aufzählung der zwei Himmelslichter, die vielen Kraftquellen, von denen sie sprachen. Würde sie die richtige Quelle finden?

Etwas raschelte links und rechts des Weges. Die kleinen Moorgeister waren herbeigeeilt, denn es hatte sich herumgesprochen, dass der große Sumpfgeist wieder einmal einen Grenzgänger vertreiben würde. Dieses Spektakel wollten sie sich nicht entgehen lassen. Noch war er nicht eingetroffen, also kreisten sie als Schatten um Flora und versuchten sie vom Pfad abzubringen.

Die blauleuchtenden Moorgeister waren in der blauen Landschaft kaum auszumachen. Ungesehen hielten sie dem Mädchen Stolperstöcke vor die Füße, die sich in Schlangen verwandelten, wenn es mit den Fußspitzen an ihnen hängen blieb. Flora schrie. Schlangen waren für sie das Gruseligste überhaupt.

„Bitte, liebe Unzerbrechliche, bitte hilf mir", flehte sie.

Und die Unzerbrechliche begann magisch zu leuchten und beschien nun mondhell den Stolperpfad. So konnte das Kind über die Stöcke steigen und deren schlangenhafte Verwandlung blieb aus. Flora fasste sich, sie musste nur gut darauf achten, wohin sie trat. Aber sie war nicht wirklich in Gefahr, denn die kleinen Moorgeister wollten sie nur necken.

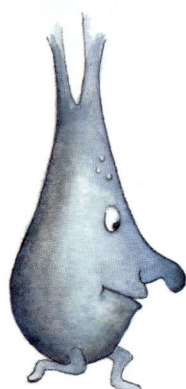

Uldis flog in Gestalt eines nachtblauen Raben über das Regenland und spähte nach der Grenzgängerin. Sie war weit gekommen, deshalb war es für ihn hohe Zeit, sie aufzuhalten. Er segelte zu Boden und verwandelte sich im flachen Sumpfwasser unter brodelndem Ächzen wieder in die böse Schlammgestalt, die mit so viel Wut unterwegs war.

Uldis erhob seine donnernde Stimme zu einem Ruf, wie er schauriger nicht sein konnte. „Du dummes Menschenkind, steh auf der Stelle! Ich, der mächtige Uldis, habe dich gewarnt, du spielst mit deinem Leben, wenn du den Weg weitergehst!"

Unter Floras Füßen begann der Boden zu wanken und zu sinken. Sie hastete verschreckt hin und her und kletterte schließlich blitzschnell auf einen Baum. Von dort oben goss sie das Nebelhorn in den Sumpf. Dichter Dunst stieg auf und verbarg geheimnisvoll den Ort.

Flora drehte die silberne Kappe vom Nebelhorn ab und blies, so kräftig sie konnte, hinein. Ein dunkler Ton erklang und schwoll an zu einem magischen Ruf, der den Sumpfgeist in den Nebel lockte.

Uldis schrie tosend: „Nichts kann dich verstecken! Kein Nebel und kein Nichts. Gleich, gleich hab' ich dich!"

Er schob wie ein Schwimmer die Nebelbänke beiseite, doch der Nebel lichtete sich nicht, er wurde immer dicker und dichter und plötzlich steckte der Sumpfgeist fest. Der Nebel hatte ihn gefangen.

Uldis brüllte und grölte hasserfüllte Flüche der übelsten Art. Lange. Flora hielt sich die Ohren zu, denn sie fühlte sich beschmutzt. Aber nach und nach erschlaffte der Sumpfgeist und irgendwann jammerte er nur noch. Aber Flora wartete geduldig, bis er endlich flehte: „Bitte gib mich frei!"

„Was gibst du mir dafür?", fragte die Grenzgängerin.

„Du hast einen Wunsch frei, wenn ich nur wieder freikomme."

Eigentlich habe ich zwei Wünsche, grübelte Flora bei sich, aber ich muss mich entscheiden. Ein warmes Herz für Uldis oder das Elixier der Freude? Natürlich war ihr klar, dass die Freude für alle Welten wichtiger war und so sprach sie: „Du hast mich mit deinem Hass fast

getötet, aber ich verzeihe dir, denn ich bin gekommen, allen in den Welten die Freude zurückzugeben. Bitte lass mich hinüber ins Quellgebiet, um das rechte Elixier zu finden."

„Das ist dein Wunsch?", zweifelte der Sumpfgeist. „Du könntest Ruhm und Reichtum von mir verlangen, überlege es dir noch einmal", brummte Uldis.

„Nein, ich wünsche mir nur, dass du mir nicht mehr den Weg verstellst.

Freude ist wichtiger als schnöder Reichtum. Freude ist Liebe, Freude ist als Lachen Widerstand gegen Hass und Neid. Es gibt nichts Schöneres."

Der Sumpfgeist grummelte in sich hinein und antwortete dann voller Respekt vor der kleinen Grenzgängerin: „Gut, dann soll es so sein! Ich werde dich deiner Wege ziehen lassen."

Das Mädchen setzte nun das Horn an seine Lippen und sog den Nebel zurück in das Horn, und der Sumpfgeist war wieder frei. Flora ging auf ihn zu und sprach vorsichtig: „Zeig mir deine Hand, bitte."

Und der Geist hob seine mächtige Pranke und streckte sie ihr entgegen. Flora legte Ellas Rosenblütenblatt in seine Hand und eine feine Magie beschlich Uldis. Flora konnte zusehen, wie die leere Finsternis aus seinen Augen verschwand und der Wandel zu einem herzlichen Wesen sacht begann.

Die Grenzgängerin sagte an Uldis gewandt: „Versuche den Menschen zu verzeihen, denn sie haben ihren Fehler eingesehen."

Dann lief sie hinüber in das Reich der Quellen.

Der Bruchwald öffnete sich und über dem Quellgebiet im blauen Land wurde es dunstig hell. Es war, als würden Schwebegeister in der Luft tanzen, aber es waren nur Mückenschwärme. Überall floss etwas sacht, kaum hörbar. Aus Sickerquellen quoll Wasser auf die wellige Nasswiese. In ihren Senken sammelte sich die Ucker unsichtbar zu kleinen Rinnsalen und Tümpeln, um schließlich zum Fluss zu wachsen.

Wie sollte Flora die vielen Quellen ausmachen und welche wäre die richtige? Sie konnte das Rätsel nicht allein lösen. Ihre Augen suchten die Wiese nach einer Wasserlache ab. Im Schilfsaum bei den Sumpfdotterblumen spiegelten sich die Wolken. Dorthin stapfte Flora durch das feuchte Gras und schnaufte sehr bald, denn es lief sich schwer über diesen nassen Boden. Endlich war sie bei der Pfütze angelangt. Sie schlug mit der flachen Hand auf den Wasserspiegel und rief: „Nix, ich brauche dich!"

Und wirklich, aus der winzigen Wasserstelle stiegen Nix und Nixe auf. „Ich habe dir die Hüterin der Quellen gleich mitgebracht, denn nur sie weiß, welcher Quell der rechte ist."

Flora war froh über die Gesellschaft der Eingeweihten und Ella führte sie zu jeder einzelnen Quellkraft des Regenlandes. „All diese Quellen treiben das Leben an, aber jede kann etwas anderes. Sieh hier, dieses Wasser schenkt Heilung und dieses andere nährt die Lebensenergie. Schau, dieses winzige Rinnsal kann Zerstörung bringen oder als Wasserkraft wertvolle Energie."

Sie liefen über die alte Geröllhalde des geschmolzenen Eiszeitgletschers. Überall rann Wasser, aber an wenigen Stellen sprudelte es. „Schau Flora, dort, diese herrlichen Sprudel, das sind die Zauber-Elixiere", flüsterte Ella.

Die Hüterin der Quellen bat den Nix zurückzubleiben, denn nur das Kind durfte sie in ihr Geheimnis einweihen. Kaum hörbar sprach Ella weiter. „Dieses Wasser ist uralt, es steigt auf aus der Sohle des alten Gletschers. Es gibt viele Zauberwasser, aber ich zeige dir nur, wo du

43

das Elixier der Freude schöpfen kannst. Wo es fließt, darfst du niemandem verraten, damit es nicht verdorben werden kann. Willst du mir das auf immer und ewig versprechen?"

„Darauf kannst du dich verlassen", versprach Flora.

Ella rollte jetzt einen Findling beiseite. Dort, wo er lag, sprudelte kristallklar der Zauberquell und Flora schöpfte vorsichtig das Elixier mit dem goldenen Horn der Nebelfee. Bis zum Rand war es nun befüllt und die Grenzgängerin strahlte die Hüterin der Quellen dankbar und glücklich an.

Sie hatte alle Grenzen im blauen Land überschritten, um an das Elixier der Freude zu gelangen. Mit dem randvollen Horn lief sie nun zurück zu jenen Wasserwesen, denen sie noch etwas schuldete. Im Sumpfland schwappten aus dem Horn ein paar Tropfen und Flora dachte bei sich, schaden kann das nichts. Sie eilte vorbei am Sternensee und wunderte sich dann doch ein bisschen, dass dort zwei Herren brüderlich und gestaltschön miteinander plauderten, ein grün-blauer und ein schlamm-brauner. Eine feine Magie umwehte sie. Den zarten Tautropfenelfen gab Flora die Unzerbrechliche zurück. Sie war ihr Kompass und Beschützerin in der Not.

Flora war froh, von den Zerbrechlichen erfahren zu haben, dass die Schwächsten zuweilen die Stärksten sein können. Aber sie wollte nicht abwägen, welche Begegnung im blauen Land für sie die wichtigste war. Alle waren wichtig.

Endlich gelangte die Grenzgängerin in das Reich der Nebelfee. Flora brauchte nicht lange durch die blickdichten Schwaden zu irren. Sehr bald schälte sich aus dem Silbergrau die schöne Fee mit ihren Nebelgeistern, die wieder wie mit einer Stimme sprachen: „Wir haben dich schon erwartet, tapfere Grenzgängerin!"

Die Nebelfee schwebte auf das Mädchen zu: „Ich bin froh, dass du es geschafft hast.

Viele kamen mit leeren Händen aus dem Land der Quellen zurück, du hast die Herzen der Wasserwesen berührt, was für ein Glück!"
Flora reichte der Fee zuerst das Nebelhorn, dann das goldene Horn mit dem Elixier.
Da drängte die Nebelfee schon: „Nun aber komm, wir wollen den Zauberguss vollziehen."
Sie gingen zum großen Wasserfall, dort goss die weiße Frau einen Schwall aus dem Horn in das stürzende Wasser. Die giftigen Tropfen schrien dabei noch wilde Worte, aber die Fee sprach klar und deutlich ihr Ritual: „Fließe, heiliges Elixier, in alle Wasser und bringe den Quell der Freude den Lebewesen in alle Welten zurück. Mögen Hass und Neid versiegen und Freude das Leben antreiben, denn sie ist das Ziel des Lebens."
Der Strom des Wassers leuchtete licht, der Zauber wirkte und floss von hier hinaus in das Leben. Flora lauschte ihm nach, aber sie hörte kein böses Wort mehr. Sie hatte ihre Mission erfüllt. Die kleinen Nebelgeister umtanzten die Grenzgängerin und führten sie an die Schwelle des Nebeltors. Im weißen Bogen schoben sie Flora hinüber in die reale Zeit.

47

Es war Spätsommer geworden, als Flora die Wiese im Kuppenland betrat. Die Eltern waren erleichtert, das vermisste Kind gesund und munter in die Arme schließen zu können.
Von ihrem Jubel gelockt, trat der Bruder aus dem Haus. Er hatte bei der Suche nach ihr geholfen und fragte nun sehr aufgeregt, aber lächelnd: „Wo warst du nur?"
„Im zeitlosen blauen Land hinter dem Nebeltor!", antwortete Flora.
Abends saß die Familie beim Lagerfeuer am Großen Döllnsee, wo das Mädchen die ganze Geschichte vom blauen Land mit seinen Welten erzählte, während von der Seemitte her ein blau-grüner Hut die Runde grüßte.

Begriffserklärungen

Die Ucker: Der Fluss entspringt dem Quellgebiet einen Kilometer nördlich vor Ringenwalde und erreicht zuerst den südwestlich gelegenen Großen Krinertsee. Der sternförmige Düstersee ist der zweite See, den die Ucker durchströmt. Sie fließt weiter durch Mühlensee und Behrendsee zum Oberuckersee. Als Kanal fließt sie zum Unteruckersee. Der Fluss plätschert als Uecker weiter durch Vorpommern bis Ueckermünde und mündet nach 98 Kilometern in das Stettiner Haff.

Wassermann/Wasserfürst ist eine Sagengestalt und der Sammelbegriff für männliche Wassergeister. Auch Fluss-, See-, Meer- und Sumpfgeister werden zu den Geistern des Wassers gezählt. Der Nix ist eine Art Wassermann, der die Flussfurten bewacht. Es lebt als Sagengestalt in Seen, Teichen, Tümpeln, Quellen, auch in Brunnen, sogar in Wassertropfen.

Ein **Nebelbogen** entsteht in einer Nebelbank über Mooren, in den Bergen oder über dem offenen Meer. Er besteht wie der Regenbogen aus Wasser, seine Tröpfchen sind nur viel kleiner. Deshalb können sie das Licht nicht so spektral brechen, wie ein Regenbogen es tut. Die Regentropfen sind in der Lage, die Grundfarben aus dem Weiß zu filtern. Der Nebelbogen erscheint wegen seiner geringeren Wasserdichte völlig weiß, manchmal auch schwach bläulich bis rötlich.

Feldsölle sind „Toteislöcher" aus der letzten Eiszeit. Ursprünglich zählten Feldsölle zu jenen offenen Gewässern, in denen sich oft Moorkörper bildeten. Viele dieser Ackeroasen wurden verschüttet oder trockengelegt. Unter anderem in der Gemarkung Grambow wurden einige wieder renaturiert und bilden so einen neuen Lebensraum für Tiere und Pflanzen.

Ein Quellmoor ist ein Feuchtgebiet, auf dessen schwammigen Böden spezielle Biotope entstehen. Es ist ein lebendes Moor, das sich durch Torfaufwuchs erhebt.

Vom Quellgebiet eines Baches oder Flusses spricht man, wenn sich die Quelle des Gewässers nicht eindeutig lokalisieren lässt oder sich – beispielsweise bei entsprechendem geologischem Untergrund – über ein größeres Gebiet erstreckt. .

Muren sind Schlammlawinen, ein talwärts fließender Erdrutsch aus Wasser, Schlamm und Geröllsteinen.

Letzte Eiszeit: Die Uckermark wurde durch die letzte Eiszeit vor 15 000 Jahren gestaltet. Durch die zurückweichenden Eismassen der Gletscher entstand das hüglige Land, in seinen Ausschürfungen bildeten sich viele Seen.

Die uckermärkischen Seen: Das gesamte Gebiet der Uckermark verfügt über 590 Seen, Moore und Kleingewässer, deren Fläche jeweils größer als 1 Hektar ist.

Die Sickerquelle, auch Sumpfquelle genannt, ist ein Quellaustritt, bei dem das Quellwasser durch eine Bodenschicht hindurchsickert. Sickerquellen sind gewöhnlich nicht punktförmig, sondern flächig vernässte Feuchtstellen, in denen das abfließende Wasser kleinste Quellrinnsale bildet, die sich erst hinter dem Quellgebiet zum eigentlichen Quellbach vereinigen.

49

Die Malerin, Autorin und Journalistin Petra Elsner wurde 1953 in Wildau (Mark) geboren. Sie arbeitete in den 70er-Jahren in Berlin als Schrift- und Grafikmalerin, später als Werberedakteurin und schreibende Redakteurin im Verlag Junge Welt. 1972 erblickte ihr Sohn Jan das Licht der Welt.

Petra Elsner studierte einige Semester Philosophie, wechselte dann ins Fach Journalistik, das sie 1989 in Leipzig absolvierte. 1992 wandte sie sich intensiv der Belletristik und Malerei zu und ist seit 1994 freiberuflich im Wechselspiel der künstlerischen Genres unterwegs. Magisch angezogen folgte Petra Elsner 2008 dem Lockruf der Schorfheide, die sie seither vielseitig inspiriert.

ATELIER AN DER SCHORFHEIDE

Petra Elsner
Malerin & Autorin

Kurtschlager Dorfstraße 54
16792 Zehdenick
OT Kurtschlag

Tel.: 039883-48 913
petraelsner@gmx.de

Waldzauber oder die Schatten der Träume heißt seither das künstlerische Arbeitsthema der Künstlerin Petra Elsner, denn sie ist nach ihrer Ankunft der Mystik des Waldes erlegen. Phantastisch-realistische Bildwerke spiegeln diesen Zustand. Sie nehmen den Betrachter in einen Traumschleier zu den Wandelwesen mit.

Mal sind es Gestalten, mal Orte, die als Charakterbäume gemeinschaftlich langsam einen Bilderwald formen, in dem die Schatten der Träume erweckt werden. Sie heißen Engelbaum, Weidenmarie … Wie sehr der Schorfheidewald die Fantasie beflügelt, kann der Interessent auch im Lesegarten der beliebten Künstlerin erkunden, in dem Bildhaftes und Literarisches im Sommerhalbjahr präsentiert werden. Der Mystik ist Petra Elsner auch in ihren neueren Bildwerken treu geblieben, wenn auch in abstrakter Form. Diese Farbassoziationen nennt sie *Geheimnisse* und versteckt darin die magischen Zeichen dieser Welt.

Bild oben links: Petra Elsner
Bilder unten (v.l.n.r.): Sommerlesung im Blumenmond des Künstlergartens,
„Galerie im Freien" - der Bilderhof zum Tag der offenen Tür
Fotos: Lutz Reinhardt
www.schorfheidewald.de

Weitere Bücher von Petra Elsner sind hier erhältlich:

Verlagsbuchhandlung Ehm Welk, www.buchschmook24.de/Regionalverlag, www.schorfheidewald.de und im Buchhandel

ISBN
9783943487817

ISBN
9783943487671

ISBN
9783943487794

ISBN
9783943487183

ISBN
9783943487657

ISBN
9783943487466

ISBN
9783946815198

ISBN
9783946815402